Ehrenpreiß

Jacob Balde

Der Allerseligisten Jungfrawen vnd MutterGottes Mariæ

Psalm 107.

Stehe auff Psalterspil vnd Harpffen/ ich will auffstehen deß Morgens frühe: ich will dir dancken (O gnadenreiche Jungfraw) vnder den Völckern/ ich will dir Lobsingen vnder den Leuten.

S. Bernard. in der 4. Lobred von der Himmelfahrt Mariæ.

Es ist zwar nichts/ daß mich also erlustiget/ dann von der Herzligkeit *Mariæ* der Jungfrawen zureden. Hergegen ist auch nichts/ daß mich also erschreckt. Dann welche Zung/ welche Englische Stim wirdt allerdings wärcklich loben die Jungfräwliche Mutter; die Mutter nit eines jedwederen/ sonder Gottes Wiewol aber vnser vnfruchtbares Hertz nichts würdigs von jhr gedencken; vnser vnwürdiger Mund nichts so herzlichs außsprechen kan: will sich doch keines wegs gebüren/daß vnser Andacht gegen jhr solle gar stillschweigen.

Ehrenpreiß

1.

Ach! wie lang hab ich schon begert

Maria dich zuloben:

Nit zwar als wie du wirst verehrt

Im hohen Himmel oben.

Diß wer vmbsonst/ mein gringe Kunst

Wirdt an der Harpffen hangen:

Vnd dises Lied mit gantzem Gmüt

Tieff in dem Baß anfangen.

2.

Demütig sey von mir gegrüßt/

Nimb gnädig an diß grüssen:

Von der sovil der Gnaden flüßt/

Was jmmer her thut fliessen.

Der dich erwöhlt hat/ vnd gewölt/

An deinen Brüsten saugen:

So schön er ist/ so schön du bist/

Er scheint dir auß den Augen.

3.

Was in der Welt so manigfalt

Zierlichs ist außgeflossen:

Wirdt in vergleichung deiner gstalt

Verworffen vnd verstossen/

Die gröste Krafft/ den besten Safft/

Die fünfft Essentz der Gaaben/

Soll/ wie man sagt/ deß Herzen Magd

Vom Sohn empfangen haben.

4.

Der Anna Leibsfruche deinem Kind

Ist gantz nit zuvergleichen:

Vnd was ich guts in Sara find/

Muß eben so wol weichen.

Die Rachel zwar die schönste war/

Der Jacob offt thet rüffen:

Doch gegen jhr/ weissag ich jhr/

Wirdt sie wie Lia trieffen.

5.

Abigail war nie so klueg/

Die David eingenommen:

Vnd die durch jhren Wasserkrueg

Den Isaac hat bekommen

Judittæ Blut vnd Heldin Muth

Vnd stärcke must verzagen.

Der vorzug ghört *Mariæ* Schwerde;

Was will ich lang vil sagen.

6.

Erfahren hats der Holofern

Der Gott hat gleichen wöllen:

Der Lucifer vnd Morgenstern

Mit seinen schönen Gsellen.

Du hast den Pracht zunichten gmacht:

Vnd der verfluchten Schlangen/

Dem Höllen Fürst/ den Kopff zerknirscht/

Daß jhm der Muth vergangen.

7.

Selym erfahrt es der Tyrann

Vor etlich sechtzig Jahren:

Als er zu Meer mit Schiff vnd Mann

Hinab in Abgrundt gfahren.

Der Türckisch Hund/ dort wol empfundt

Daß nichts mehr halff das bellen/

Hinnumb herumb getriben vmb

In Sturm vnd Wasserwellen.

8.

Das Meer der Statt Corintho gantz

Mit Blut war vberloffen.

Alis dem Bassa hat ein Lantz

Das lebendig getroffen.

Gantz bitter wehe war Sisaræ

Im letsten Layd vnd Jammer:

Dem Hirn vnd Bayn hat gschlagen ein

Der alt Jahelis Hammer.

9.

Hie weiser Mann/ dein starckes Weib/

Hie/ main ich/ wersts erfragen:

So starck/ daß sie in jhrem Leib

Hat gar ein Risen tragen.

Da noch so klein/ ein Jungkfraw rain/

Den grösten Mann vmbfangen:

Der ohn beschwerdt kundt von der Erdt

Hoch biß an Himmel langen.

10.

Zier Mardochee tausentmal

Dein schöne Hester/ zier sie:

Vnd führs drauff in deß Königs Saal

Zur Hand Assueri/ führ sie.

Laß jhr Geschmuck vnd Guldes stuck

Mit Perlin vbersetzen:

So wirdt ich doch/ *Mariam* noch/

Ohn maß weit höher schetzen.

11.

Was soll ein blosser Schatten seyn/

Nur ein Figur der Alten/

Gegen dem hellen Sonnenschein?

Das Feld kans nit erhalten.

Ein Engel sag/ so vil er mag/

Vnd hör nie auff zuschreiben:

Wirdt doch darob/ allzeit vom Lob/

Das maist jhm vberbleiben.

12.

Zwölff Stern vmb jhr glorwürdige Haupt

Ringsweiß heroben schweben;

Dann jhn allein ist es erlaubt

Dasselbig vmbzugeben.

Kein Schwerdt/ kein Stab/ kein Gwalt tribab

So steiff thuns hie verharzen:

Sie liessen ehe/ der Himmel zwee/

Ja sambtlich alle fahzen.

13.

Jhr grosse Freud/ vnd Hertzens lust

Ist dises Gsicht anschawen:

Den Mund/ den Gott so offt gekußt/

Die Augen vnd Augbrawen:

Gesalbte Händ/ Lefftzen vermengt

Mit Hönig vnd mit Rosen.

Oelfliessend Red/ die von jhr geht/

Ist vber alls Liebkosen.

14.

Dem Palmenbaum jhr länge gleicht/

Die Wang den Turteltauben:

Vnd jhren süssen Brüsten weicht

Der Wein auß *Cypris* Trauben.

Voll Hyacinth/ von keiner Sünd

Noch groß noch klein beladen;

Deß Adams Gifft/ das alle trifft/

Hat jhr nicht könden schaden.

15.

Weiß/ Roth/ jhr Lied vnn Schatzseinsoll/

Als der im Krieg gestritten/

Sie schwartz vnd braun/ vnd steht auch wol/

Gleich wie die Cedar Hütten.

Der sie entferbt/ hats nit verderbt/

Sonder nur wöllen mehren:

Vil schöner seys auff dise weiß

Der Augenschein thut lehren.

16.

Wie sie dem König auffgewart

Zu Hesebon in Reben/

Da hat den besten Gruch jhr Nard

Herumb weit von sich geben:

Jhr Sommerhauß durchgehend auß

War voll der Zimmetrinden.

Darzu so hats ein solchen Schatz

Dergleichen nit zufinden.

17.

Der Mon all Monat hat sein gnants

Von seiner lieben Sonnen/

Vnd mehrers nit/ dann all sein Glantz

Quellt her auß disem Bronnen.

Hat er sein maists Liecht auffzöhrt/ haißts/

Sparmundus halt darzwischen;

Biß widerumb die Sonne kumb;

Die muß die Fleck abwischen.

18.

Weit anderst ist das Firmament

Das in *Maria* leuchtet.

Mon hat sein anfang/ hat sein end/

Nur tröpfles weiß befeuchtet.

Du du Planet von Nazareth/

Du hohes Gstirn der deinen/

Du bist das Faß/ das ohne maß

Mit stätem Liecht thut scheinen.

19.

Gantz Thonnen Sonnen seynd in dir/

Gantz Million voll Thonnen.

O köstlich außerwöhltes Gschirr/

In der all Klarheit wohnen.

Wol jnnerlich vnd äusserlich/

Hat dich die Zier vmbfangen:

Bist vber all hoch Berg vnd Thal/

Von Libano außgangen.

20.

O Fürsten Tochter/ O wie schön

Seynd deine Schritt/ ders zehlet:

Was für ein Festtag wirdt begehn/

Dem du einmal vermählet.

Dein Bräutigam wird bey dem Lamb

Ein anders Gsänglein stimmen:

In lauter Freud vnd Süssigkeit

Gleich wie ein Meerfisch schwimmen.

21.

Komb her dem Keuschheit angenemb/

Vnd will ein Gspons erfragen:

Die Töchter zu Jerusalem

Einhellig alle sagen;

Vnd heben drauff zween Finger auff/

Daß vnder allen Frommen/

Maria frey die schönste sey/

Durchauß kein außgenommen.

22.

Ein Paradeyß hat disen Ruhm/

Ein Garten der beschlossen.

In dem ein wundersame Blum

Iesse, *Iesvs* entsprossen.

Wanns gliebt muß seyn/ so lieb was fein

Was löblich zubegehren;

Was seligklich/ was adelich/

Herbracht mit allen ehren.

23.

Mariam lieb/ *Mariæ* dich/

Solst allerdings verschreiben/

Die Morgengab glaub sicherlich

Wirdt keines wegs außbleiben.

Das Hochzeit Klayd ist schon berait

Begehr die Farb auß allen/

Das Himmelblaw (gen Himmel schaw)

Solt dir am besten gfallen.

24.

Maria hat den besten thail

Wie gschriben steht/ erwöhlet.

Mariæ thail/ ist aller hayl

Ders hat/ nit wol verfählet.

Weil sie so gut/ vnd mehr als gut/

Wie jeder muß bekennen:

Thue ich mit fleiß im Ehrenpreiß

So offt jhr Namen nennen.

25.

O daß von Siena noch so vil

Der Bernardini wären/

Deren diß ainig End vnd Zihl

Dise Gesponß zu ehren.

Er schencket jhr all sein gebür/

Lust/ hoffnung/ freud vnd schmertzen:

Vnd wie ich sing/ sein liebsten Ring

Ein Adamant im Hertzen.

26.

Ich greiff zum End/ laß allgemach

(Ade) die Sayten lauffen.

Der weiter will/ thü zu der Sach/

Laß auch ein Harpffen kauffen.

Schlag selber auff/ nur wacker drauff/

Vnd laß den lieb Gott walten.

Maria schon/ der beste Thon

Steht vnd verbleibt im alten.

27.

Hilff vns O Thurn auß Helffenbain/

In Diemant wol gegründet/

Vnd auffgeführt mit Edelgstein/

Wie selig der dich findet.

Hilff vns O Thron/ den Salomon

Mit feinem Gold beklaidet.

Dem du vergwißt/ kein wunder ist/

Daß jhm die Welt verlaydet.

Hindan mit dir O Menschen gstalt/

In Milch vnd Blut gewaschen/

Die letstlich welck wird vnd veralt

Zu lauter Staub vnd Aschen:

Besonders die in falscher blüe

Jhr Schönheit nur erdichten:

Ohn Kunst vnd Oel/ nur Wasser gmäl/

Vnd drauff bald gar zu nichten.

29.

Verdambt sey alle Yppigkeit/

Die niemand wol gelungen.

Verspottet der Welt Eytelkeit/

Von der sovil gesungen.

Vnd was für Pfeyl der Lieb in eyl/

Doch nit von Himmel gschossen/

So viln das Hertz in bitterm schertz/

Mit süssem Gifft abgstossen.

30.

Sag hiemit auch den Parcis ab/

Die mir bißher gespunnen.

Bey denen ich an meinem Grab

Verlohren mehr als gwunnen.

Falsch vnd Vntrew seynd alle drey

Haimblich mit mir vmbgangen.

Müßt an jhr Gspunst vnd blawen dunst/

Mein Leib vnd Leben hangen!

31.

Diß sey *Maria* dir vertraut

Von Tag zu Tag der Jahren/

Der dir vertrawt/ hat wol gebawt/

Sodales diß erfahren.

In letster Noth vnd bittern Todt/

Bitt/ thue mich nit verwerffen.

Erzaig dein Macht/ vertreib die Nacht/

Wirds jeder wol bedörffen.

32.

Wann dann die Kranckheit wird zuschwer

Daß ichs nit mehr kan leyden:

Soll mir den Faden nimmermehr

Derselben ein abschneyden:

Dein schöne Hand/ dein milte Hand/

Weil je die Stundt abgloffen;

Schneid oder halt/ gleich wies dir gfalt/

Sonst ist es auß mit hoffen.

33.

Wann bey dem Beth die Kertzenbrinnt/

Die Augen nimmer wachen/

Vom Leib der kalte Todtschwaiß rinnt/

Die Bainer jetzt schon krachen:

Dein schöne Hand/ dein milte Hand

O Junckfraw außerkohren;

Schneid oder halt/ gleich wies dir gfalt/

Sonst ist es alls virlohren.

34.

Wann nun geschwächt seynd all fünff sinn/

Die vmbstehend Rott wird sagen:

Jetzt hat ers gar/ jetzt ist er hin/

Man merckt kein Pulß mehr schlagen:

Dein schöne Hand/ dein milte Hand/

O Mutter meines Lebens;

Schneid oder halt/ gleich wies dir gfalt/

Sonst ist es alls vergebens.

Wer ist der dises Lied gemacht/

Wann einer auch darff fragen.

Villeicht hat er gar offt zu Nacht

Ein Stuck herab geschlagen.

Er sagt nit wo/ jetzt ist er fro/

Daß d'Llauten sey zertrimmert:

Vmb Saytenspil er sich so vil

Hinfüran nicht mehr kümmert.

Ende.